Byd heb Dylwyth Teg

Peter Stevenson
addasiad **Siân Lewis**

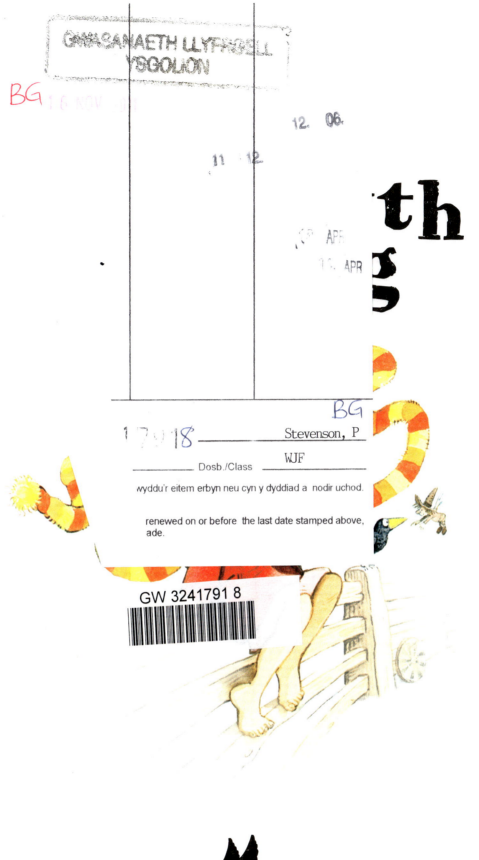

Gwasg Carreg Gwalch

I Tom.

A diolch i Meg, Saoirse,
Urien a Myles am yr
holl hud a lledrith.

Ar ynys fach wyntog yn y moroedd oer ger gorllewin Cymru roedd merch fach o'r enw Heledd yn byw. Bob dydd byddai'n rhedeg yn droednoeth, a'i phen yn llawn stori ac antur. Bob nos, yn ei breuddwyd, âi i fyw mewn pabell gydag Olwen y camel. Ar ôl sawl antur wyllt, byddai'r ddwy'n eistedd o flaen tanllwyth o dân ac yn canu caneuon sipsiwn i'r brogaod yn yr anialwch.

5

Roedd Heledd yn byw gyda'i mam a Crinllys,
y jac-do, mewn bwthyn bach ger y môr.
Roedd Mam yn dweud storïau ac yn canu
caneuon am y tylwyth teg, y môr-forynion
a'r nadroedd môr oedd yn byw o'u cwmpas.

'Pam does dim camelod yma, Mam?'
gofynnodd Heledd.

'Dyw camelod ddim yn hoffi byw ar ynys
oer, cariad bach,' atebodd Mam. 'Ond mae'r
tylwyth teg wrth eu bodd. Os wyt ti'n
credu yn y tylwyth teg, fe weli di nhw ym
mhobman, a'u clywed nhw hefyd.'

Aeth Heledd i chwilio, ond allai hi ddim
gweld tylwyth teg yno.

Un diwrnod, pan oedd y gwynt yn plygu'r coed tua'r llawr ac yn chwythu'r cwningod yn ôl i'w tyllau, dododd Heledd bicnic o gaws gafr, bara rhyg ac iogwrt llaeth dafad yn ei bag. Yna i ffwrdd â hi, gyda Crinllys ar ei hysgwydd, i chwilio am dylwyth teg.

Fe welodd hi'r cychod a'r morloi'n sboncio rhwng y tonnau.

Edrychodd Heledd am amser hir, ond doedd dim tylwyth teg yno.

Ymlaen â hi ar hyd y llwybr igam-ogam nes cyrraedd y pentref. Yno roedd band y sipsiwn yn chwarae. Chwyrlïodd Heledd ar un goes, a chwifiodd Crinllys ei hadenydd i'r miwsig.

'Ble mae'r tylwyth teg?' gofynnodd Heledd i'r dyn dall oedd yn chwarae'r acordion.

'Maen nhw ym mhobman, pwt,' atebodd y dyn.

'Alli di mo'u clywed?'

Clywodd Heledd yr acordion yn chwythu nodau, y pîb yn trydar a sŵn rat-a-tat y tambwrîn.

Gwrandawodd yn astud, ond doedd dim tylwyth teg yno.

Dilynodd Heledd y llwybr caregog drwy'r goedwig.
Pan ddechreuodd hi flino, fe eisteddodd ger hen
grwban, ac agor ei bag picnic. Bwytodd ychydig o
gaws a bara rhyg, a chadw'r gweddill, rhag ofn y
byddai chwant bwyd arni eto.

 Clywodd y gwynt yn sibrwd wrth y rhedyn, a'r hen
goed cnotiog yn gwichian. Gwrandawodd yn ofalus,
ond doedd dim tylwyth teg yno.

Aeth Crinllys â hi at yr hen bwll dŵr lle roedd hi'n hoffi sblasio gyda'i ffrind, y broga. Roedd arogl chwyn ar y broga bach gwyrdd. Roedd e'n eistedd ar ddeilen, yn chwarae'r banjo, ac yn canu caneuon am y tylwyth teg.

'Oes tylwyth teg yma?' gofynnodd Heledd.

'Oes wir, 'merch fach i,' crawciodd y broga. 'Alli di mo'u gwynto?'

Gwyntodd Heledd y chwyn, y pysgod bach a lilïau'r dŵr.

Sniffiodd yn galed, ond doedd dim tylwyth teg yno.

Crwydrodd Heledd draw i'r traeth lle roedd hi wedi gweld cragen Fair un tro. Aeth Heledd i olchi'i thraed blinedig yn y môr, a gwylio merched yr ynys yn cribo'u gwallt ac yn gwenu'n fodlon.

'Oes tylwyth teg yma?' gofynnodd Heledd.

'Alli di mo'u teimlo nhw, bach?' atebodd un o'r merched.

Teimlodd Heledd y tywod dan ei thraed, y cranc yn pinsio'i bawd a physgodyn yn sugno bys ei throed.

Teimlodd bob math o bethau, ond dim tylwyth teg.

Aeth Heledd i'r harbwr a gofyn i'r morwr a gâi hi rwyfo'i gwch i'r tir mawr.

Fel pob plentyn ar yr ynys roedd hi wedi dysgu rhwyfo cyn cerdded na siarad.

'Dilyna di longau'r tylwyth teg dros y môr, Heledd fach,' meddai'r morwr.

Llongau'r tylwyth teg? meddyliodd Heledd.

Edrychodd i bobman, ond doedd dim tylwyth teg yno.

18

Glaniodd Heledd a Crinllys yn
Nhre-fawr, a sefyll i wylio a
gwrando. Roedd adeiladau uchel
ym mhobman, a phob sŵn
ac arogl a blas yn rhyfedd
ac yn wahanol i rai'r ynys.

'Oes tylwyth teg yma?'
gwaeddodd Heledd.
Ond atebodd neb.
Teimlodd Heledd ryw ias fach,
ond theimlodd hi ddim
tylwyth teg yno.

21

Aeth y ddwy yn eu blaen drwy'r strydoedd anniben, gan synnu at yr holl sbwriel ym mhob twll a chornel. Sut mae gweld tylwyth teg? meddyliodd Heledd. 'Mae Mam wedi dweud wrtha i, ond alla i ddim cofio.'

Safodd unwaith eto i edrych, a gwrando, a blasu, a theimlo.

'Na, does dim tylwyth teg yma,' meddai'n drist. 'A dwi ar goll. Wn i ddim sut mae mynd adre.'

Crawciodd Crinllys, a dangos rhes o gerrig gwynion ar y llawr iddi.

23

Dyma nhw'n dilyn y cerrig i'r harbwr lle roedd eu cwch bach yn eu disgwyl. Eisteddon nhw ar y lan ac agor y bag picnic. Bwyton nhw'r caws gafr a'r bara rhyg, a chadw tamaid bach o'r iogwrt dafad, rhag ofn.

Yna fe wylion nhw a gwrando ac edrych.

'Dwi'n cofio be ddwedodd Mam nawr,' meddai Heledd. 'Mae'n rhaid i fi gredu yn y tylwyth teg. A dwi yn credu ynddyn nhw. Dwi'n meddwl fod y tylwyth teg yn ein helpu ni, Crinllys.'

Crawciodd Crinllys a nodio.

'Ydyn, maen nhw! Dwi'n gallu eu gweld nhw o'r diwedd!' gwaeddodd Heledd.

Gwibiodd Heledd a Crinllys yn ôl i'r ynys, gyda dolffiniaid y tylwyth teg yn eu harwain, a chaneuon y môr yn chwythu yn y gwynt.

**Edrychodd Heledd,
a gwelodd . . .
gwelodd . . .**

Ar ôl cyrraedd adre, a swatio
gyda'i ffrindiau wrth y tân,
meddai Heledd:
   'Mae gen i stori dylwyth
teg wych i ti, Mam. Un tro,
ar ynys fach wyntog yn y
moroedd oer ger gorllewin
Cymru aeth merch fach a
jac-do i chwilio am
dylwyth teg . . .'

Argraffiad cyntaf: 2011

© **testun Saesneg gwreiddiol:** Peter Stevenson 2011
© **lluniau:** Peter Stevenson 2011
© **addasiad Cymraeg:** Siân Lewis 2011

Rhif Llyfr Safonol Rhyngwladol:
978-1-84527-319-4
Mae'r cyhoeddwyr yn cydnabod cefnogaeth ariannol Cyngor Llyfrau Cymru

Cynllun clawr a dylunio mewnol: Elgan Griffiths

Cyhoeddwyd gan Wasg Carreg Gwalch,
12 Iard yr Orsaf, Llanrwst, Dyffryn Conwy, Cymru LL26 0EH.
Ffôn: 01492 642031
Ffacs: 01492 642502
e-bost: llyfrau@carreg-gwalch.com
lle ar y we: www.carreg-gwalch.com

Argraffwyd a chyhoeddwyd yng Nghymru